Les princesses ne portent pas de jeans

Brenda Bellingham

Illustrations de
Leanne Franso

Texte français de
François Renaud

Éditions
SCHOLASTIC

Crédits photographiques
Page couverture : diadème © Andrey_Kuzmin/Shutterstock;
étoiles en arrière-plan © Tracie Andrews/Shutterstock

Catalogage avant publication de Bibliothèque et Archives Canada
Bellingham, Brenda, 1931-
[Princesses don't wear jeans. Français]
Les princesses ne portent pas de jeans / Brenda Bellingham ;
illustrations de Leanne Franson ; texte français de François Renaud.

Traduction de : Princesses don't wear jeans.
ISBN 978-1-4431-3369-2 (couverture souple)

I. Franson, Leanne, illustrateur II. Renaud, François, traducteur
III. Titre. IV. Titre : Princesses don't wear jeans. Français

PS8553.E468P714 2015   jC813'.54   C2014-905342-8

Édition publiée par les Éditions Scholastic, 604, rue King Ouest, Toronto
(Ontario) M5V 1E1 CANADA.

5 4 3 2 1 Imprimé au Canada 121   15 16 17 18 19

Table des matières

Chapitre 1

Les ours sauvages

Le vrai nom de Paul Lebrun est Philémon Antoine Ulrich Ludger Lebrun.

« Quand on a un nom comme Lebrun, dit monsieur Lebrun, le père de Paul, il faut y apporter un peu de fantaisie, sinon les gens vous confondent avec tous les autres Lebrun du voisinage. »

Cela ne dérange pas Paul de s'appeler Lebrun; c'est un nom qui lui va comme un gant. Ses cheveux sont bruns et brillants tout comme ses yeux. En été, sa peau prend un hâle doré qui lui donne une mine resplendissante. Lebrun est un nom simple et ordinaire. Il convient parfaitement à Paul. Philémon Antoine Ulrich Ludger ne lui va pas du tout. C'est trop original. Paul n'a pas envie de se distinguer, il tient à être comme tout le monde. Quand quelqu'un lui demande son nom, il répond « Je m'appelle Paul ». Il s'est composé ce prénom à partir de ses initiales. « Paul Lebrun », ajoute-t-il.

Monsieur et madame Lebrun adorent leur fils. Aussi, quand ils se rendent compte que Paul n'aime pas son prénom, ils n'essayent pas de le convaincre. Ils se contentent de l'appeler Paul.

Un jour, une nouvelle élève arrive à l'école. Le directeur vient en classe pour la présenter aux élèves de troisième année.

— Je vous présente Lilianne Pelletier. Elle préfère se faire appeler Lili.

— Bienvenue dans notre classe, Lili, dit mademoiselle Lafrance, l'institutrice de Paul.

Lili Pelletier est debout devant la classe. Ses collants sont trop lâches et donnent à ses jambes maigres l'allure d'une paire de tire-bouchons. Sa jupe est trop longue, et l'ourlet monte et descend comme un parcours de montagnes russes. Son chandail a un trou au coude et elle a oublié de se brosser les cheveux. Tous les enfants de troisième année la dévisagent.

Paul sait qu'il serait mal à l'aise si toute la

classe se mettait à le regarder comme ça.

— Salut, Lili, dit-il.

Julie Larose occupe la place derrière Paul. Du bout des doigts, elle vient de lui toucher le dos. Il comprend le message. Ça veut dire : ne sois pas trop gentil avec la nouvelle, sinon… Julie Larose jette sur Lili un regard furieux.

Lili Pelletier tremble-t-elle comme une feuille? Frissonne-t-elle?

Non, même pas. Elle regarde autour d'elle d'une manière amicale. Elle a les yeux couleur noisette, clairs et pétillants.

Mademoiselle Lafrance sourit à Paul. Elle dit à Lili : « Lili, tu peux t'installer à côté de Paul. » En trois petits sauts, Lili Pelletier est à son pupitre. Elle regarde Paul en souriant.

Lili Pelletier est une fille très courageuse, pense Paul.

En troisième année, tout le monde tient un journal. Tous les jours, chacun doit y noter un événement important. C'est comme rédiger ses mémoires. Certains élèves aiment bien lire tout haut ce qu'ils écrivent.

Paul préférerait qu'ils évitent de le faire. La plupart du temps, leurs récits sont ennuyeux. La grande nouvelle de Suzie est que sa grand-mère vient en visite. *Tout un événement*, pense Paul. La grand-mère de Suzie passe son temps à venir lui rendre visite. La famille de Bruno vient d'acheter un nouveau téléviseur. Mais dans la famille de Bruno, on passe son temps à acheter des choses neuves. Lili écoute poliment les autres enfants.

— Quelqu'un d'autre veut nous lire quelque chose? demande mademoiselle Lafrance.

Lili lève la main et se met à lire.

— Hier soir, j'ai joué avec mes ours sauvages. J'en ai deux et ils s'appellent Copain et Champion. Nous sommes allés jusqu'à la rivière pour nous baigner et Copain a attrapé des poissons.

Les enfants la regardent, les yeux écarquillés et la bouche grande ouverte de surprise.

Paul sourit. Lili Pelletier a deux ours sauvages. *Ça*, c'est une nouvelle!

— Lili, je crois que tu ne comprends pas bien, lui dit mademoiselle Lafrance. Dans notre journal, nous n'écrivons que des choses vraies. Plus tard, nous écrirons des histoires.

— Mais c'est vrai, prof, je vous jure!

— Lili, je tiens à ce qu'on m'appelle mademoiselle Lafrance et non pas prof. Tu ne voulais pas plutôt dire que tu jouais avec tes oursons de peluche?

— Non, mademoiselle Lafrance. Ce sont de vrais ours sauvages.

Plusieurs élèves ricanent. Julie Larose dit tout haut :

— Prouve-le. Amène-les à l'école.

Lili Pelletier se met-elle à bégayer?

Va-t-elle changer d'idée?

Pas le moins du monde. Lili regarde mademoiselle Lafrance droit dans les yeux.

— S'il vous plaît, prof, est-ce que je pourrais les amener à l'école?

En soupirant, mademoiselle Lafrance lui répond :

— Seulement si tu arrives à les tenir solidement enchaînés.

Lili Pelletier n'est pas une fille ordinaire, pense Paul. *Elle est différente.* Il a hâte que Lili Pelletier amène ses ours sauvages à l'école.

Chapitre 2

La princesse Lilianne

À la recréation, Lili demande à mademoiselle Lafrance un ballon pour jouer dehors.

— Allez, qui veut jouer au ballon?

Lili ne prend même pas le temps d'enfiler un blouson. Elle est la première sortie dans la cour de l'école.

Paul et Bruno arrivent tout de suite après.

— Où est le ballon? demande Paul.

— Là-haut, répond Lili en pointant l'index vers le ciel.

Paul lève la tête. Très haut, dans le ciel bleu, il peut voir une forme ronde et pâle.

— Ça, c'est la Lune, réplique Bruno d'un ton méprisant. Je veux le ballon. Où est-ce qu'il est?

Bruno habite près de chez Paul, dans la maison voisine. C'est un garçon costaud et personne ne lui tient tête.

Lili Pelletier est-elle impressionnée?

Est-elle mal à l'aise?

Non, pas le moins du monde. Lili insiste.

— Ce n'est pas la Lune. La Lune ne brille pas durant le jour.

Elle montre fièrement du doigt la forme ronde dans le ciel.

— J'ai frappé le ballon tellement fort et tellement loin qu'il est resté pris là-haut.

— Tu es folle, répond Bruno.

Paul regarde la Lune. C'est vrai qu'elle ressemble au ballon blanc que mademoiselle Lafrance a prêté à Lili. Il rit sous cape. Lili Pelletier a les mollets gros comme des cure-dents. Personne ne pourrait botter le ballon aussi haut avec des jambes aussi maigres. Lili Pelletier a de l'imagination.

Julie Larose et Suzie Lesueur sont sorties à leur tour. Suzie habite dans la même rue que Paul. Julie est sa meilleure amie.

— Ton ourlet est décousu, dit Julie.

Lili Pelletier rougit-elle?

Pleure-t-elle?

Absolument pas. Lili regarde le bord de sa jupe et constate tout simplement :

— Oui, c'est vrai.

— Tu devrais demander à ta mère de la recoudre, ajoute Suzie.

— Elle n'a pas le temps. Elle doit s'occuper de nos animaux sauvages, constate Lili.

— C'est ça, ouais, dit Julie.

— Où est-ce que tu habites? demande Suzie.

— Dans une ferme. C'est une ferme d'animaux sauvages, répond Lili.

Julie regarde Suzie et toutes deux se mettent à ricaner.

— Dans ce cas-là, pourquoi ne portes-tu pas de jeans?

Lili lève le menton.

— Parce que quand je serai grande, je serai une princesse. Les princesses ne portent pas de jeans.

Presque toute la classe s'est rassemblée autour d'elle. Tout le monde se pousse du coude en riant.

— La princesse Lilianne!

— Toute une princesse, dit Julie. Ton chandail est percé et il sent mauvais.

Lili Pelletier pleure-t-elle?

Se sent-elle humiliée?

Non, pas du tout. Lili Pelletier ramène son bras sous son nez. Elle le sent longtemps, avec plaisir.

— Oui, c'est vrai, ça sent... C'est l'odeur des ours sauvages. Je porte ce chandail quand je les nourris. C'est eux qui ont dû faire le trou avec leurs griffes pointues.

Lili Pelletier n'est pas vaniteuse, se dit Paul.

— Allez, les gars! crie Lili. On va monter aux barres. Je gage que j'arrive avant toi, Paul.

— *Toi*, tu montes aux barres, répond Bruno. Moi, j'ai trouvé le ballon. Il était dans les arbustes. On va jouer au soccer. Viens, Paul, tu es dans mon équipe.

Les autres garçons suivent Bruno en courant. Paul ne sait que faire. Il voudrait en savoir plus long à propos des ours sauvages, mais s'il va avec Lili, Bruno va se fâcher. Même chose pour Julie et Suzie.

Nicolas et Alexis, les jumeaux, suivent Lili. Bruno s'en fiche, car ils jouent mal au soccer.

Paul se décide. Il court pour rattraper Bruno.

Le lendemain matin, Paul attend Lili. Il se demande si elle va amener ses ours à l'école. Il la voit descendre de l'autobus scolaire. Pas d'ours sauvages.

— Pourquoi tu n'as pas amené tes ours?

— Ma mère n'a pas voulu.

— Menteuse, menteuse! dit Julie.

— Je vais essayer de les amener demain.

Mais elle ne le fait pas. Pourtant, tous les jours, dans son journal, elle écrit quelque chose à propos de ses ours.

Mardi : Les ours sauvages ont joué dans leur baignoire, écrit-elle. Champion a avalé la savonnette et depuis, il fait des bulles.

Mercredi : Les ours ont joué au disque volant avec un vieux pneu de voiture, Copain l'a reçu sur la tête et l'a porté autour de la taille comme un cerceau.

Jeudi : Mes ours sauvages sont très forts. Ils aiment se battre. Généralement, c'est Champion qui gagne. C'est pour ça que je l'appelle Champion.

Paul a hâte de voir les ours. Tous les jours, il demande à Lili de les amener à l'école. Chaque fois, elle répond qu'elle va le faire.

— Tu ne peux pas amener des ours sauvages à l'école, dit Bruno railleur. Ils vont démolir tout le monde.

— Ils sont encore petits, répond Lili. Ce sont des bébés je vais les amener demain.

Mais ce n'est pas le cas. Les autres enfants la laissent toute seule. Ils ne jouent pas avec elle.

— Elle raconte des menteries, dit Julie.

— Elle est folle, ajoute Bruno. Si tu crois qu'elle a des ours sauvages, tu es aussi fou qu'elle.

Paul cesse de questionner Lili à propos de ses ours. Il souhaite qu'elle cesse d'écrire des histoires à leur sujet et qu'elle se mette à porter des jeans plutôt que ses collants en accordéon. Il espère que sa mère va se décider à recoudre son ourlet et qu'elle va enfin laver son chandail. Peut-être que, dans ces conditions, les autres enfants vont être plus gentils avec elle. Il aime bien Lili, même si elle raconte des histoires.

Puis un jour, Lili arrive en retard à l'école. Les yeux brillants, elle entre dans la classe en coup de vent.

— Prof, j'ai amené mes ours sauvages. Ils sont dehors. Est-ce que je peux les faire entrer?

Mademoiselle Lafrance a l'air nerveuse.

— Oui, Lili... tu peux.

Lili revient en classe avec un ours sous chaque bras. Autour du cou, chacun porte une chaîne reliée à une laisse. Lili les met debout sur le plancher. Ils ont les pattes raides et leurs yeux bruns regardent fixement la classe.

Les élèves observent les ours, étonnés.

Chapitre 3

C'est une menteuse

— Lui, c'est Copain, et l'autre c'est Champion, annonce Lili, les yeux brillants.

Les ours sauvages ne bougent pas d'un poil. Ce sont des peluches!

Lili Pelletier aime bien nous taquiner, se dit Paul.

Les autres enfants parlent tous en même temps. Ils se sont excités quand Lili a annoncé qu'elle avait amené les ours. Maintenant ils sont déçus et fâchés contre elle.

— Je vous avais bien dit que c'était une menteuse, fait remarquer Julie.

— Julie, ce n'est pas très gentil, lui dit mademoiselle Lafrance.

Lili Pelletier se met-elle à pleurer?

Avoue-t-elle qu'elle a menti?

Non, pas le moins du monde. Lili Pelletier pouffe de rire et réplique :

— Ce sont des *imitations* d'ours sauvages.

— Lili, assieds-toi tout de suite. Nous en reparlerons plus tard, toi et moi, dit mademoiselle Lafrance.

— Tu vois! lance Bruno à Paul. Je t'avais bien dit que Lili Pelletier était folle.

— Elle n'est pas folle, dit Paul. Elle a fait une blague. De toute manière, ses ours *ne sont pas* des « nounours ». On dirait vraiment des ours sauvages.

— Ah bon? réplique Bruno. Tu es peut-être fou toi aussi. Je ne devrais peut-être pas jouer au soccer avec toi.

— Tu n'es pas obligé. Ça ne me fait rien, affirme Paul.

Mais ça lui fait quelque chose, et il n'adresse plus la parole à Lili Pelletier. Nicolas et Alexis sont les seuls qui jouent avec elle. De toute manière, qui accepterait de jouer avec deux gars incapables de donner un coup de pied dans un ballon sinon Lili?

À la récréation, elle prétend qu'il y a une caverne sous les buissons et joue aux « ours

dans la caverne » avec les jumeaux et les deux peluches. Paul entend de longs grognements, des cris aigus et des éclats de rire. Il se demande si Lili Pelletier s'amuse vraiment. Peut-être fait-elle semblant.

Mademoiselle Lafrance lui a parlé et, depuis ce temps, Lili Pelletier ne raconte plus rien à propos de ses ours. Paul aimait bien les histoires de Lili. Maintenant, les nouvelles sont banales, comme les histoires de grand-mère de Suzie. Paul bâille d'ennui. C'est difficile d'écouter poliment.

Lili Pelletier est-elle maussade?

Boude-t-elle?

Non, pas le moins de monde. Lili Pelletier écrit des pages et des pages dans son journal, et mademoiselle Lafrance fait mine de ne rien remarquer.

— Qu'est-ce qu'elle écrit? souffle Julie à l'oreille de Paul.

Paul se demande bien si Lili écrit au sujet de ses ours. Il se penche pour voir... tellement qu'il tombe de sa chaise. Il a les joues en feu.

— As-tu vu quelque chose? chuchote Julie.

— Non.

Il ne réessaye pas de jeter un coup d'œil sur le journal de Lili. Maintenant qu'elle a cessé d'en parler, peut-être que les autres enfants vont oublier les ours sauvages. Si Lili Pelletier cesse de raconter des sornettes, peut-être que les autres vont l'aimer et jouer avec elle. Du moins, c'est ce que souhaite Paul.

Chapitre 4

Le dragon de Lili

Cette année, on étudie la vie des pionniers. Mademoiselle Lafrance distribue de grands morceaux de carton.

— Aujourd'hui, vous allez construire une habitation de pionniers. Vous pouvez faire soit une cabane en rondins au milieu des bois, soit une hutte de terre au milieu des prairies. Vous allez travailler en équipe. Paul, tu es avec Lili.

Bruno est mécontent. Il voulait faire équipe avec Paul.

— Ce n'est pas de ma faute, lui murmure Paul. C'est mademoiselle Lafrance qui m'oblige à travailler avec Lili Pelletier.

Mais ça ne le dérange pas vraiment.

Paul dessine une grande rivière au milieu du carton. Les pionniers aimaient bien s'installer au bord de l'eau. Lili et lui peignent la rivière en bleu et le reste en vert.

— Si nous faisions une cabane en rondins? propose Paul.

— D'accord, répond Lili.

Paul commence. Lili trouve un sac en papier dans la boîte de retailles et, après l'avoir bourré de papier journal, elle l'écrase bien. Ensuite, elle prend du ruban adhésif et fixe le sac froissé sur le carton.

— Qu'est-ce que c'est que ça? lui demande Paul.

— C'est une montagne.

Ce n'est pas bête, se dit Paul. *Il devait y avoir des pionniers qui vivaient près des montagnes.*

Lili peint la montagne en brun et vert, mais la peinture coule et la montagne a un air sombre et lugubre. Paul construit sa cabane en rondins de l'autre côté de la rivière, sur la rive opposée à la montagne.

Lili prend du papier de construction brun dans la boîte de retailles. Paul pense qu'elle va faire des rondins, mais elle construit une grande tour carrée. Elle découpe des petits carrés tout autour du sommet.

— Qu'est-ce que c'est?

— Un château.

— Les pionniers ne vivaient pas dans des châteaux! Les châteaux sont pour les chevaliers en armures et les trucs de ce genre.

Lili Pelletier n'était pas encore arrivée à l'école quand ils avaient commencé à étudier les pionniers. Peut-être ne le sait-elle pas.

— Le château n'est pas pour tes pionniers, c'est pour mon dragon. J'en ai un à la maison. Il aime bien dormir dans un donjon sombre. Parfois, il se fait bronzer au soleil, dans la cour. La nuit, quand personne ne le voit, il vole autour des tours.

— Si personne ne le voit, comment peux-tu savoir qu'il vole?

— C'est lui qui me l'a dit.

Lili plante le château au sommet de la montagne en sac de papier. Le château semble débouler de la montagne d'une minute à l'autre. C'est exactement le genre d'endroit où pourrait se cacher un dragon. *Un château est bien plus intéressant qu'une cabane en rondins*, se dit Paul.

Bruno s'approche pour regarder leur travail.

— Qu'est-ce que vous faites? Mademoiselle

Lafrance a demandé de faire une habitation de pionniers. Les pionniers ne vivaient pas dans des châteaux.

— Quelques-uns y vivaient, répond Lili.

— Non, ce n'est pas vrai, lui dit Paul. Ils n'avaient pas le temps. Ils étaient toujours en train de labourer, de semer ou de faire la récolte.

Paul plaint les pionniers. Ils ne faisaient que travailler. Mademoiselle Lafrance prétend qu'ils prenaient le temps de s'amuser et qu'ils organisaient des corvées pour construire des granges ou coudre des courtepointes. Pour Paul, c'est tout bonnement un autre mot pour parler du travail. Les pionniers menaient une vie rude dans leur pays d'adoption, et Paul se demande bien pourquoi ils se sont donné la peine de venir.

— Je sais! s'exclame-t-il. Le château du dragon est de l'autre côté de l'océan. Le dragon fait peur aux pionniers, c'est pour ça qu'ils viennent ici.

— Où est l'océan? demande Bruno.

Paul montre la partie peinte en bleu.

— Ça a l'air d'une rivière, dit Bruno.

— Eh bien, ce n'est pas le cas! répond Paul. C'est l'océan. De ce côté-là, c'est l'Ancien Monde, c'est là que vit le dragon. De ce côté-ci, c'est le Nouveau

Monde, c'est ici que la cabane des pionniers est installée.

Mademoiselle Lafrance vient voir quel est le sujet de ces éclats de voix. Elle coupe le carton en deux. Elle dit à Paul de terminer son travail sur sa moitié et donne un nouveau carton à Lili en lui disant de recommencer.

Lili Pelletier pleure-t-elle?

Soupire-t-elle?

Non, pas du tout.

— S'il vous plaît, prof, est-ce que je peux emporter le château chez moi pour mon dragon? demande-t-elle.

— Lili Pelletier prétend qu'elle a un dragon chez elle, annonce Julie.

Tout le monde éclate de rire.

— Tu devrais l'amener à l'école, propose Suzie d'une petite voix taquine.

— Les dragons ne sont pas comme les chiens, répond Lili. On ne peut pas les promener en laisse. Les dragons sont des reptiles, ils ont le sang froid.

Ça a l'air vrai, pense Paul. *Lili Pelletier raconte de bonnes histoires. Si seulement elle n'essayait pas de faire croire qu'elles sont vraies...*

— Bien sûr, répond Bruno en ricanant. En plus,

les dragons attrapent les gens et les dévorent. Son dragon mangerait tout le monde dans cette pièce.

Il commence à pousser des grognements et à agiter les mains comme si c'étaient des griffes. Ensuite, il pouffe de rire bêtement.

Lili Pelletier se vexe-t-elle?

Se met-elle en colère?

Non, pas le moins du monde.

— Je peux apporter une photo de mon dragon à l'école.

Paul pousse un soupir. Une photo ne prouvera rien du tout. On peut trouver une image de dragon n'importe où. Jamais les autres enfants n'aimeront Lili. Comment Paul pourrait-il un jour être son ami?

Chapitre 5

Toute une fête

Cette fois-ci, Paul n'est pas pressé. Il n'a pas envie que Lili apporte une photo de son dragon. Il sait que les autres enfants vont rire d'elle. Il espère qu'elle va oublier tout ça.

— J'ai apporté la photo de mon dragon, annonce Lili, quelques jours plus tard.

— On s'en fiche, répond Bruno.

— On sait tous à quoi ressemble un dragon, réplique Julie.

— Il y en a dans des tas de livres, ajoute Suzie. Paul est désolé pour Lili.

— Laisse-moi voir, dit-il en regardant par-dessus l'épaule de Lili.

Ce n'est pas une image prise dans un livre,

pense-t-il. *Ça ne vient pas d'un calendrier et ce n'est pas un dessin non plus.* Une petite sensation d'excitation l'envahit. Après tout, peut-être que le dragon existe vraiment.

— C'est mon dragon. Il est dans son repaire, précise Lili.

Le dragon est partiellement dans l'ombre. Paul prend la photo des mains de Lili pour mieux la regarder.

— De quoi elle parle? demande Bruno.

Il se faufile entre Paul et Lili.

Julie et Suzie s'approchent derrière Paul et regardent par-dessus son épaule.

— Ça a l'air d'un dinosaure, dit Bruno.

Paul regarde attentivement la créature sur la photo. Ça *pourrait* être un dinosaure. Certains dinosaures sont loin d'être gros.

— Il y a des cartes postales qui représentent des dinosaures, dit Suzie. Je parie qu'elle l'a prise au musée.

Paul jette un nouveau coup d'œil à la photo.

— Cette bête a des écailles comme un dragon. Elle est verte, elle a une longue queue qui finit en pointe et les écailles forment des anneaux autour de sa queue. En plus, elle a cinq doigts à chaque patte. Ça pourrait être un dragon.

— Ce n'est pas un dragon, répond Julie d'un ton catégorique. Les dragons ont des trucs en zigzag tout le long du dos.

— Celui-là aussi a quelque chose le long du dos, faire remarquer Paul.

— Ce n'est pas comme les vrais dragons, dit Suzie. Ça ressemble aux dents d'un peigne.

Paul retourne l'image.

— Ce n'est pas une carte postale, c'est une vraie photo.

— C'est exact, Paul, répond Lili. C'est mon père qui l'a prise.

— Hum! Je gage que c'est en pâte à modeler, réplique Julie. J'ai déjà vu à la télé comment on fait les films d'horreur. On prend des gros plans de maquettes pour faire comme si c'était du vrai.

— Ça ressemble à un animal bien vivant, rétorque Paul.

— Ne fais pas l'idiot, dit Bruno. Les dragons, ça n'existe pas. Allez, viens jouer au soccer.

— Ouais! On a mieux à faire que de regarder des photos ridicules, ajoute Suzie.

— On ne peut pas croire un mot de ce que dit cette fille. Ma mère prétend que je ne devrais même pas adresser la parole à des gens comme elle, conclut Julie.

Bruno, Julie et Suzie s'éloignent, l'air hautain.

Paul regarde la photo un petit moment encore. Il veut bien croire Lili Pelletier, mais il ne veut pas être dupé.

— Je sais ce qu'on voit sur cette photo, dit-il.

— Un dragon, répond Lili.

— Non, c'est un iguane. Il y en avait un à la bibliothèque des enfants dans le quartier où j'habitais.

— Arrive, Paul! crie Bruno. Arrête de parler à cette fille sans cervelle.

— Si tu continues à lui parler, nous, on ne te parle plus! crie Julie.

En rendant sa photo à Lili Pelletier, Paul ajoute :

— Tu ne devrais pas inventer des histoires, Lili. Comment veux-tu que les gens t'aiment?

Il s'éloigne tristement. Il n'a pas envie de jouer au soccer, pas plus que de continuer à parler avec Lili Pelletier.

L'anniversaire de Paul approche. Dans deux semaines, il va avoir neuf ans. À la maison, on fait toujours une fête pour son anniversaire. Ce soir-là, son père et sa mère en discutent.

— Fais une liste des enfants que tu veux inviter, dit sa mère. J'irai acheter les cartons d'invitation.

Paul s'assoit à la table en mâchonnant son crayon.

— Commence par inscrire les noms de tes meilleurs amis, propose son père. Ensuite, ajoute les noms de tous les enfants qui t'ont déjà invité à leur anniversaire.

Rapidement, la liste de Paul s'allonge. Son père y jette un coup d'œil et se met à rire.

— Vingt et un! Combien êtes-vous dans votre classe?

— Vingt-quatre.

— C'est trop, dit sa mère. Choisis-en dix.

— Je ne peux pas, dit Paul. Ceux qui sont mis de côté se sentent mal.

— On peut faire une grande fête, dit son père. On peut aller au parc et faire un pique-nique. Mais pourquoi laisser trois enfants de côté?

— Nicolas et Alexis ne savent pas jouer au soccer. Ils ne savent même pas attraper une balle. Personne ne veut jouer avec eux. Lili Pelletier, elle, passe son temps à inventer des histoires.

— De quel genre? demande sa mère.

— Elle a dit qu'elle avait des ours sauvages chez elle. Elle les a amenés à l'école. C'était simplement des jouets en peluche. Elle prétend qu'elle a un dragon à la maison. Ça n'existe pas.

Mademoiselle Lafrance nous a dit que c'était un animal légendaire. Lili Pelletier a apporté une photo à l'école en disant que c'était son dragon. Moi, je sais ce que c'est : c'est un iguane.

— Un iguane! C'est rare comme animal familier, s'étonne le père de Paul.

Paul n'avait pas pensé que l'iguane pouvait être l'animal familier de Lili.

— Il n'est peut-être même pas à elle. Avec Lili Pelletier, on ne sait jamais à quoi s'en tenir.

— Lili Pelletier m'a l'air bien amusante, dit la mère de Paul. Elle doit avoir beaucoup d'imagination.

— En tous les cas, personne ne veut jouer avec elle, déclare Paul.

— Tu ne peux quand même pas mettre seulement trois enfants de côté, fait remarquer son père.

Paul se sent mal. Il sait ce que vont dire Julie, Suzie et Bruno.

— Peut-être que je ne ferai pas de fête cette année.

— Tu fais comme tu veux, dit son père d'une voix ferme.

Quand son père prend ce ton, ça ne sert à rien de discuter.

— D'accord, je vais inviter tout le monde, soupire Paul.

— Ça, c'est bien notre fils! Ton père et moi sommes fiers de toi, dit sa mère en le serrant dans ses bras.

Malgré le soutien de sa mère, Paul ne se sent pas soulagé. S'il invite Lili Pelletier, Bruno ne viendra pas. Julie et Suzie non plus d'ailleurs. Les autres copient toujours ce que font Bruno, Julie et Suzie. Personne ne viendra. Lili Pelletier et les jumeaux seront les seuls à sa fête.

Toute une fête!

Chapitre 6

Les souris blanches

À l'école, Paul distribue ses invitations. Il se réserve les jumeaux et Lili pour la fin, croyant qu'il réussira peut-être à leur remettre leurs invitations sans que personne ne le voie. Mais Julie, à qui rien n'échappe, remarque les trois invitations sur le bureau de Paul.

— Tu en as oublié quelques-unes. Viens, je vais t'aider à les distribuer.

— Non! crie Paul. Je peux le faire moi-même.

Mais il est trop tard. Julie a déjà mis la main sur les invitations.

— Tu invites Nicolas et Alexis? dit-elle en plissant le nez. Yeurk!

— C'est mon père qui m'a forcé.

Paul a les joues en feu.

— Pauvre toi!

Julie a l'air désolée pour Paul.

— L'autre, c'est pour qui? demande-t-elle en regardant la dernière enveloppe.

Il n'y a pas de nom écrit dessus.

— Laisse faire.

À ce moment-là, il s'aperçoit que Lili l'observe. Ses yeux sont brillants et pleins d'espoir. Quand elle se rend compte qu'il la regarde, elle se détourne.

Paul sait comment il se sentirait s'il était le seul à ne pas être invité à une fête. Il l'appelle :

— Lili, c'est pour toi.

Il essaie de sourire. Il se dit qu'elle ne pourra peut-être pas venir.

Lili ouvre son invitation et un sourire éclaire son visage. L'éclat revient dans ses yeux.

— Merci, Paul. J'adore les fêtes.

Julie lève le nez.

— Je pense que je ne pourrai pas y aller. Ma mère ne veut pas que je fréquente les menteuses.

— La mienne non plus, ajout Suzie.

— Pourquoi tu l'invites? demande Bruno. Tu es fou ou quoi?

— Il a invité les jumeaux aussi, ajoute Suzie.

— Je ne vais à aucune fête avec une bande d'imbéciles, dit Bruno.

Lili Pelletier est-elle triste?

Est-elle embêtée?

Non, pas le moins de monde. Lili Pelletier sourit à Paul.

— Paul, je vais t'offrir un super cadeau d'anniversaire.

— Ouais. Une paire d'ours sauvages, dit Bruno, ironique.

— Non, un dragon! renchérit Julie.

Tout le monde se met à rire. Tout le monde, sauf Lili et Paul. Paul n'attache aucune importance au cadeau que Lili veut lui donner. Il s'en moque. Il souhaite tout simplement que Lili n'invente pas une autre histoire et qu'elle s'efforce d'être comme les autres. Il pourrait alors être son ami.

— Paul, aimes-tu les souris blanches? demande Lili.

— Bien sûr.

Paul n'en est pas sûr du tout. Il n'a jamais vu de souris blanche.

— J'en ai des tas. J'ai un élevage de souris blanches à la maison. Je vais t'en donner pour ton anniversaire.

Paul souhaite qu'elle oublie cette idée. Il ne sait

pas du tout si sa mère va apprécier les souris, blanches ou pas.

— Oh oui! dit Bruno d'un air dégoûté. Une belle petite souris en peluche. C'est le rêve de Paul depuis tellement longtemps.

— Il faut que tu leur trouves une cage, continue Lili sans tenir compte de la remarque de Bruno. Et une petite roue pour qu'elles puissent courir. Elles ont besoin d'exercice.

Pour une fois, Bruno hésite.

— Peut-être que je *vais* aller à ta fête, Paul. Je ferais bien d'y aller pour voir si ces souris blanches existent vraiment.

— Moi aussi, dit Julie. Je parie que Lili Pelletier raconte encore des menteries.

Paul ne sait pas s'il doit croire Lili. Il est préférable qu'il parle des souris blanches à ses parents, au cas où elle dirait vrai.

Ce soir-là, au souper, il aborde le sujet.

— Lili Pelletier va peut-être m'offrir des souris pour mon anniversaire. Êtes-vous d'accord?

— Des souris? s'exclame sa mère. Quelle sorte de souris?

— Des souris blanches.

— Quand j'étais petit, j'avais un copain qui avait des souris blanches, reprend son père. Ce sont des petites bêtes sympathiques.

— D'accord Paul, dit sa mère. À condition que tu les gardes dans ta chambre et que tu t'en occupes toi-même. Surtout, ne les laisse pas s'enfuir. Je ne tiens pas à ce que la maison soit infestée de souris.

Paul se demande quoi faire. Est-ce qu'il doit se procurer une cage? Et si Lili lui offrait des souris en peluche? Il gaspillerait son argent pour une cage inutile et il serait la risée des autres enfants. Tout le monde dirait qu'il a été fou de croire Lili Pelletier.

Mais si Lili arrivait avec de vraies souris et qu'il n'ait pas de cage? Lili saurait qu'il ne l'a pas crue. Et il ne veut pas la blesser. Quoi qu'il fasse, la situation va mal tourner.

D'une manière ou d'une autre, son neuvième anniversaire file vers la catastrophe.

Chapitre 7

Lili Pelletier en vaut la peine

À l'école, Lili Pelletier nous parle de ses souris :

— À Sourisville, les souris vivent dans des logements. Il y a des routes avec des ponts et des tunnels.

— Bien sûr, ajoute Bruno narquois. Et elles se promènent en jeep.

Lili est intéressée par la remarque.

— C'est une bonne idée! Je devrais leur acheter des autos pour qu'elles se promènent.

Julie et Suzie se moquent d'elle à leur tour.

— Elles doivent avoir une très grande cage, dit Suzie.

— Grande comme une maison, dit Julie.

— Elle est grande en effet, répond Lili. Les

parois sont en verre et je peux voir tout ce qui se passe à l'intérieur.

L'histoire de Sourisville de Lili m'a l'air d'être un truc génial, pense Paul.

— Je pourrais acheter un aquarium pour mes souris, propose-t-il. Comme ça, je pourrais les observer.

— Tu dois être tombé sur la tête, réplique Bruno. Un aquarium, ça coûte une fortune.

— Elle n'apportera jamais les souris, dit Julie.

— Et tu auras gaspillé ton argent de poche, ajoute Suzie.

— Qu'est-ce que tu fais de l'avion que tu voulais acheter avec tes économies? demande Bruno. Le modèle qui peut voler. Un avion, c'est quand même mieux qu'un aquarium stupide.

— Celui qui croit ce que dit Lili Pelletier est un fou, ajoute Julie.

Lili Pelletier est-elle triste?

Est-elle inquiète?

Non, pas du tout. Lili Pelletier sourit. Ses yeux noisette brillent.

— Paul me croit, dit-elle.

Lili Pelletier me fait confiance, pense Paul. Il ne peut pas la laisser tomber. Il doit acheter une cage pour les souris. Il peut oublier l'avion pour un peu de temps.

— Il faut que j'achète une cage pour les souris de Lili Pelletier, annonce-t-il à son père. Est-ce que je peux prendre l'argent que j'ai mis de côté?

— Si tu veux, c'est ton argent.

Son père l'emmène à l'animalerie. Ils jettent un coup d'œil dans le magasin.

Paul s'arrête devant un grand cube de verre.

— Ce sont des iguanes! Tu ne trouves pas qu'ils ressemblent à des dragons?

— Tu as raison, répond son père en souriant.

Le vendeur remarque leur intérêt.

— Les iguanes peuvent atteindre un mètre cinquante de long, sans compter la queue, dit-il.

— Je propose que nous nous contentions de souris, réplique le père de Paul.

Pas étonnant que Lili dise qu'elle ne peut pas apporter son dragon à l'école, pense Paul.

— Combien coûte cette cage à souris? demande-t-il au commis.

— Vingt dollars. Elle est en solde. La roulette d'exercice est en supplément.

Derrière Paul, il y a un grand aquarium vide.

— Est-ce qu'on peut élever des souris, dans un aquarium?

— Bien sûr, répond le vendeur. Mais tu

42

auras besoin d'un morceau de grillage métallique pour le couvrir. Il ne faudrait pas que d'autres souris ou un chat y entrent. Tu devras recouvrir le fond de copeaux de bois et il serait préférable que tu te procures une bouteille d'eau adéquate, sinon toute la cage sera trempée.

— Et c'est combien tout ça? demande Paul.

Le vendeur fait l'addition. Paul fronce les sourcils.

— Une cage serait plus économique, lui dit son père.

— Je sais.

Puis il repense à Sourisville.

— Mais les souris seront plus heureuses dans un grand espace.

— Ça va te coûter tout l'argent que tu as économisé, observe son père. Tu devras oublier l'avion pendant un bon moment. Tu ferais mieux de réfléchir sérieusement avant de prendre une décision.

Paul repense à Lili Pelletier et à ses ours sauvages. Il repense au dragon. Il pense à Bruno, à Julie, et à Suzie qui se moquent toujours de ses histoires.

Qu'est-ce qui va se passer si Lili Pelletier n'apporte pas de souris? Julie et Suzie se moqueront de lui aussi. Et Bruno rira.

Ça ne dérange pas Lili Pelletier que l'on se moque d'elle, mais moi, oui. Ensuite, il revoit Lili avec ses yeux brillants et pétillants. Il se rappelle son journal, son château et Sourisville.

— Je vais prendre l'aquarium et les autres trucs. Lili Pelletier vaut bien ça.

Le lendemain, à l'école, Lili court à sa rencontre.

— Paul, as-tu trouvé une cage?

— J'ai acheté un aquarium, c'est mieux.

Bruno rit aux éclats. Julie pouffe de rire. Suzie ricane.

Paul espère bien que Lili va apporter ses souris, mais il est loin d'en être certain. Peut-être va-t-il pleuvoir le jour de sa fête. Il en arrive presque à le souhaiter; ainsi, il n'y aurait pas de fête. À la maison, il n'y a pas de place pour vingt-quatre enfants.

Le jour de la fête est arrivé. C'est le soleil qui réveille Paul. En voyant la belle journée qui s'annonce, Paul est joyeux. Un anniversaire est toujours une journée spéciale. Tout va bien se passer.

Tout le monde a rendez-vous au parc. Paul,

son père et sa mère partent en avance pour tout organiser. Ils chargent le coffre de l'auto.

— Qu'est-ce qu'on fait de l'aquarium? demande Paul.

— On n'a pas besoin de l'emporter, dit son père. On risque de le briser. Lili sera bien forcée de mettre les souris dans une boîte. On les ramènera à la maison de la même manière.

Paul ose à peine croire sa chance. Si Lili lui fait faux bond avec les souris, il pourra toujours prétendre qu'il n'a pas acheté d'aquarium. Les autres enfants ne pourront pas se moquer de lui.

Il aide ses parents à placer la nourriture sur les tables de pique-nique. Ils allument des feux pour que les enfants puissent faire griller leurs hot-dogs.

Comme toujours quand il s'agit d'une fête, Bruno arrive le premier. Puis c'est au tour d'autres enfants. Julie et Suzie arrivent ensemble. La mère de Suzie les a déposées. Nicolas et Alexis viennent avec leur père.

Chacun donne son cadeau à Paul. « Bon anniversaire! »

— Merci, dit Paul, et il empile les cadeaux sous la table. Il compte les ouvrir plus tard.

Lili n'est toujours pas là et Paul continue de surveiller son arrivée. D'un côté, il souhaite qu'elle vienne, de l'autre non.

— Nous allons commencer à manger, dit sa mère. Peut-être que Lili ne peut pas venir.

Une camionnette fait une entrée pétaradante dans le terrain de stationnement. Lili en sort.

— Regarde qui voilà, annonce Julie.

Chapitre 8

L'anniversaire de Paul

Tous les enfants arrêtent de faire griller leurs hot-dogs. Ils dévisagent Lili. Elle porte une robe bleue à jupe large aux motifs imprimés de boutons de rose. Elle porte également une large ceinture rose vif et un nœud du même rose orne ses cheveux. Une paire de collants roses tirebouchonnés habille ses jambes maigres. Elle est chaussée de souliers en cuir verni noirs.

— Paul, pourquoi tu ne nous as pas dit que c'était une fête chic? J'aurais mis ma belle robe moi aussi, proteste Suzie.

— Ma mère ne m'aurait pas laissée mettre la mienne, répond Julie.

Lili accourt en criant « Bon anniversaire, Paul! »

Elle semble vraiment sincère.

Bruno est debout à côté de Paul. Il regarde Lili d'un air mauvais.

— Où est ton cadeau? Je croyais que tu devais apporter des souris blanches.

— Je ne veux pas qu'elles se sauvent dans le parc. Elles pourraient se perdre et mourir. Ma mère vient me chercher après la fête, elle va apporter les souris.

— Tu parles! répond Julie.

La mère de Paul sourit à Lili.

— C'est très bien, Lili. Sers-toi un hot-dog et prends garde de ne pas salir ta jolie robe.

— Tu aurais dû faire comme tout le monde et mettre des jeans, lui dit Julie. Tu ne savais pas que c'était un pique-nique?

Lili Pelletier est-elle décontenancée?

Est-elle surprise?

Absolument pas. Lili Pelletier sourit à Paul.

— Je pense qu'on doit toujours bien s'habiller pour une fête, même si c'est un pique-nique.

Paul rend son sourire à Lili. Elle s'est habillée chic pour sa fête. Elle lui fait sentir que c'est vraiment une journée spéciale. *Lili Pelletier fait ce qu'elle a envie de faire*, se dit Paul, *elle ne s'en laisse pas imposer par les autres.*

— Je comprends ce que tu veux dire, Lili, dit le père de Paul. Autrefois, les dames avaient coutume de mettre leurs plus jolies robes pour aller à des pique-niques. Elles portaient de grands chapeaux fleuris et se protégeaient du soleil avec une ombrelle. Les hommes portaient des costumes sombres et des chemises blanches impeccables.

— Ma mère ne me laisserait jamais porter une robe pour aller à un pique-nique, réplique Julie, l'air vexée.

— Ma mère aurait une attaque, ajoute Suzie. On ne peut pas courir ou jouer au base-ball habillée comme ça.

— Peut-être que Lili n'a pas envie de jouer, répond la mère de Paul. C'est son droit.

Mais après le repas, Lili participe à toutes les courses. Elle enlève ses belles chaussures et gagne la première course. Dans la suivante, le nœud tombe de ses cheveux. Elle l'accroche à une branche.

— Lili, est-ce que je peux emprunter ton ruban? demande Julie. J'ai les cheveux qui me tombent dans les yeux.

— Bien sûr, répond Lili.

Julie s'attache les cheveux en queue de cheval.

Paul est sûr qu'avec ce ruban, elle se croit jolie.

Dans la course suivante, la ceinture de Lili se défait, mais elle gagne quand même. Elle accroche sa ceinture à une autre branche.

Sans même le demander, Suzie emprunte la ceinture et s'en fait une bandoulière.

— La reine porte une écharpe comme ça, dit-elle.

Lili Pelletier ne se fâche pas. *Lili Pelletier est une fille généreuse,* se dit Paul. *Même si elle n'a pas apporté de cadeau.*

Après d'autres courses, les enfants décident de jouer au base-ball. Puisque c'est sa fête, Paul peut former sa propre équipe. Il choisit Lili en premier. Bruno fronce les sourcils, mais Paul le choisit au tour suivant.

Lili frappe un coup de circuit et tous les joueurs de son équipe l'applaudissent, même Bruno.

Paul est heureux. Les enfants commencent à aimer Lili Pelletier.

Les collants de Lili finissent par se percer aux pieds. Après le match, elle les replie sous ses pieds et remet ses chaussures.

La mère de Paul sort le gâteau et tout le monde chante « Bon anniversaire ». C'est Lili qui chante le plus fort. Paul souffle les chandelles d'un seul

coup. En secret, il fait un voeu : *Je souhaite que les autres se mettent à vraiment aimer Lili.* Ensuite, il ouvre ses cadeaux.

— Ouvre le mien en premier, demande Bruno.

— Non, le mien, réclame Julie.

Paul prend beaucoup de temps pour ouvrir chaque cadeau. Il espère qu'en prenant son temps, les autres enfants oublieront le cadeau de Lili.

Nicolas et Alexis lui offrent une roue d'exercice pour les souris et une échelle pour qu'elles puissent grimper.

Au moins, se dit Paul, *ils croient Lili Pelletier.*

— Peut-être que tu vas pouvoir les échanger contre autre chose, dit Julie.

— Je n'en ai pas l'intention, réplique Paul en souriant à Nicolas et Alexis.

Les parents commencent à arriver. Ils viennent chercher leurs enfants. Tout le monde entoure Paul en attendant qu'il finisse d'ouvrir ses cadeaux.

— Où est ta mère? demande Bruno à Lili. Tu as dit qu'elle apporterait les souris.

— Peut-être que le camion est en panne, répond Lili joyeusement. Il a toujours quelque chose qui ne fonctionne pas.

Bruno prend un air méprisant.

— Ça, c'est encore une de tes histoires.

Les parents veulent partir.

— Venez, la fête est finie. Il est temps de partir.

— Ce n'est pas gentil de venir à une fête sans apporter de cadeau, dit Julie.

Elle arrache le ruban de ses cheveux et le lance à Lili.

— Et voilà ta ceinture. Ma mère ne me laisserait jamais avoir des souris. Elle dit qu'elles sont sales, ajoute Suzie.

— Lili Pelletier n'a pas tenu sa promesse, déclare Bruno.

Lili Pelletier a-t-elle l'air triste?

Est-elle désolée?

Eh bien oui. Du moins un peu. Elle demande :

— Paul, as-tu apporté la cage pour les souris?

Julie a un petit sourire narquois. Suzie aussi. Bruno émet un petit ricanement sarcastique.

— Non, il ne l'a pas apportée. Paul n'est pas fou.

Paul hésite. Il *pourrait* dire qu'il a rendu l'aquarium à la boutique. D'ailleurs, il *pourrait* dire qu'il n'en a jamais acheté. Il *pourrait* prétendre qu'il a fait semblant, comme Lili. Elle attend sa réponse.

— Non. Mon père m'a dit que l'aquarium pouvait se briser. On l'a laissé à la maison. Il est prêt pour les souris.

Il a le visage en feu. Il se demande bien pourquoi. C'est Lili Pelletier qui devrait rougir.

— Tu as gaspillé ton argent, lance Suzie.

— Ne viens pas dire qu'on ne t'avait pas prévenu, dit Julie.

— Idiot. Je t'avais dit qu'elle n'apporterait pas de souris, ajoute Bruno.

— Ce n'est pas nécessaire, dit Paul. On peut faire semblant.

Lili Pelletier a de nouveau l'air joyeux. Elle penche la tête sur le côté.

— Paul, vas-tu jouer avec moi à la récréation, lundi?

— Si tu joues avec *elle,* tu ne pourras plus jamais jouer avec moi, menace Bruno.

Paul réfléchit.

— Et je ne te parlerai plus jamais, Paul Lebrun, dit Julie.

— Moi non plus, ajoute Suzie.

Paul réfléchit encore. À part les jumeaux, plus personne ne voudra jouer avec lui.

Paul pleurniche-t-il?

Se lamente-t-il?

Non, pas du tout. Il relève le menton et dit bien fort :

— Qu'est-ce que vous voulez que ça me fasse? Oui, Lili, je vais jouer avec toi tous les jours à la récréation. Je veux être ton ami.

— Même si je n'ai pas apporté les souris?

— Oui.

Les yeux de Lili brillent, comme si elle venait de percer un secret.

Chapitre 9

Le cadeau de Lili

La plupart des enfants sont repartis avec leurs parents.

— Ne t'inquiète pas, Lili. Nous allons te reconduire chez toi, dit la mère de Paul.

Juste à ce moment-là, un camion entre en trombe dans le stationnement en pétaradant.

— C'est ma mère! crie Lili.

Elle traverse la pelouse en courant et elle saute à l'intérieur du camion.

Paul regarde. Bruno aussi. Comme toujours, quand il s'agit d'une fête, il est le dernier à partir. Julie et Suzie regardent également.

Lili Pelletier n'a même pas dit merci, fait remarquer Julie.

— Elle n'a même pas dit au revoir, ajoute Suzie.

— Ce n'est pas nécessaire, répond Paul.

Ça ne lui fait vraiment rien qu'elle ne dise pas merci, mais il est blessé qu'elle ne lui dise pas au revoir.

Le camion ne bouge pas. Après un petit moment, Lili Pelletier en redescend. Elle sort à reculons et se retourne doucement. Elle tient une boîte dans ses mains. Lili traverse la pelouse en marchant à tout petits pas, comme dans ces courses où il faut porter un œuf dans une cuillère. Elle tient la boîte avec précaution.

Paul retient son souffle. Est-ce que Lili Pelletier apporte ses souris? De vraies souris vivantes? Ou bien fait-elle semblant? Il court à sa rencontre.

— Attends que nous soyons rendus à la table de pique-nique, dit Lili.

Du côté du conducteur, une femme descend du camion. Elle porte un pantalon froissé et un chandail ample. Elle suit Lili et Paul jusqu'à la table de pique-nique.

— Salut, dit-elle. Je suis Nicole Pelletier, la mère de Lili. Désolée, je suis en retard. J'ai eu de la difficulté à attraper les souris.

Là-dessus, elle lance un éclat de rire joyeux.

Rit-elle parce que ce ne sont pas de vraies

souris? Lili et sa mère sont-elles en train de faire une blague?

— On a fait des courses, dit Julie. Lili a percé ses collants.

— Ce n'est pas grave, dit Nicole Pelletier.

Elle parle lentement, comme si elle avait tout le temps devant elle.

— Je vais les couper et recoudre les bouts. Ensuite, on recommencera. Lili n'aime pas porter de jeans, pas vrai, princesse?

La mère de Lili ne parle pas comme la mère de Julie ni comme celle de Suzie. À l'écouter, elle a l'air beaucoup plus sympathique.

Lili met la boîte sur la table. Elle entrouvre le couvercle, juste un peu.

— Est-ce que tu peux les voir? demande-t-elle en chuchotant.

Paul jette un coup d'œil à l'intérieur. D'abord, tout ce qu'il peut voir c'est un tas de copeaux de bois. Ensuite, il aperçoit deux oreilles en forme de pétales et deux petits yeux noirs. Puis des petites moustaches blanches, et un minuscule nez rose. Ensuite, une deuxième tête blanche émerge de la paille.

— Tu les aimes? demande Lili.

Paul les aime tellement qu'il ne peut plus

parler. Il ne peut même plus dire merci.

Lili Pelletier est-elle vexée?

Boude-t-elle?

Non, pas du tout. Lili Pelletier comprend.

— Tu vas voir, elles vont monter sur ton bras, puis redescendre sur l'autre. Elles vont aller chercher des graines de tournesol dans tes poches. Elles sont très faciles à apprivoiser.

— Ooooh, crie Julie... dégoûtant!

— Ouache, écœurant! s'exclame Suzie.

— Laisse-moi regarder, crie Bruno en glissant sa tête à côté de celle de Paul.

Julie et Suzie veulent regarder dans la boîte à leur tour.

— Elles sont plutôt mignonnes, dit Julie.

— Regarde leur petit nez rose, dit Suzie.

— Est-ce qu'il peut les garder? demande Nicole Pelletier aux parents de Paul. Lili m'a dit que vous étiez d'accord, mais j'aime mieux m'en assurer.

— Bien sûr, dit le père de Paul, à condition qu'il s'en occupe lui-même.

— Et qu'il les garde dans sa chambre, ajoute sa mère.

— Tu devrais mettre des tubes de carton dans leur cage, dit Lili. Prends ceux des rouleaux d'essuie-tout ou de papier de toilette. Les souris aiment bien courir dans des tunnels. Tu peux leur construire des escaliers et des ponts et leur faire des maisons dans de vieilles boîtes de chaussures. J'ai installé Sourisville à côté du château de mon dragon. J'ai beaucoup de souris. Si tu veux, je t'en donnerai d'autres.

— C'est vrai, Lili? demande Julie. Tu as *vraiment* une ville de souris?

— Bien sûr.

— Pourquoi tu ne parles jamais de Sourisville dans ton journal? demande Suzie.

— Je le fais, j'écris beaucoup là-dessus. Simplement, je ne lis jamais ces passages-là.

— Paul pourrait venir visiter la ferme un de ces jours, dit Nicole Pelletier. Nous avons beaucoup d'animaux.

— Des animaux sauvages? demande Bruno.

Nicole Pelletier s'esclaffe. Son rire ressemble au son de bulles qui éclatent.

— Tu l'as dit! C'est une vraie bande de sauvages.

Personne ne réussit à comprendre si ça veut dire oui ou non.

— Dis donc, Lili, dit Bruno, si tu as des souris en trop, je pourrais t'en prendre quelques-unes...

— Je vais demander à ma mère si je peux en

avoir, dit Julie.

— Moi aussi, ajoute Suzie. Il faut partir maintenant, ma mère attend dans l'auto. Salut, Paul! Merci pour la fête.

— Merci pour la fête, dit Julie. À lundi, à l'école. Salut, Lili Pelletier.

Comme d'habitude, Bruno va être le dernier à partir. Lili et sa mère s'éloignent à bord de leur camion bruyant. Bruno et Paul les saluent de la main. Lili se penche par la fenêtre et agite sa ceinture.

— Bruno, je n'ai jamais dit que j'avais *trop* de souris, crie-t-elle du camion. C'est quand ton anniversaire?

— Le mois prochain.

— D'ici là, il se peut que j'aie des bébés dragons, crie Lili tandis que le camion s'éloigne.

— Lili Pelletier n'a pas vraiment de dragon, hein? demande Bruno.

Paul pense à l'iguane et sourit avant de répondre :

— C'est bien possible. Avec Lili Pelletier, on ne sait jamais.

BRENDA BELLINGHAM a grandi à Liverpool, en Angleterre. Elle a commencé à écrire à l'âge de 8 ans pour s'occuper quand son école a fermé pendant la Deuxième Guerre mondiale. Elle a été travailleuse sociale, enseignante et maman avant de se consacrer à son métier d'auteure à plein temps. Brenda a écrit de nombreux livres pour enfants dont *Les dragons ne lisent pas de livres,* avec Paul et Lili, *Storm Child* et sept livres dans la série Lilly. Elle a deux enfants et deux petits-enfants et vit à Victoria, en Colombie-Britannique.